歌集

あやはべる

米川千嘉子

Yonekawa Chikako

短歌研究社

目次

あやはべる

装丁　真田幸治

あやはべる

複雑な家系

複雑な家系きはまりあらはれしマキシラリアフェルゲンナスナオナオの花

若者が車中よき香に傾ぎくればわたしの夢はと今も言ひたく

きさらぎの三日月由来のひかり飲みしんしんきらり夜の散歩す

ベニバナ赤色素スピルリナ青色素ひなあられに混じる花と藻類

病院の帰りにのぼる歩道橋一反もめん母は靡くも

春一番吹きし夜のゆめ難聴の母親の耳ふはりひろがる

最後の試合終はりたる子のユニホーム洗へばながく赤土を吐く

遺伝子が近い異性だから
禁忌ゆゑ母には息子が匂ふといふ　受験期に入る息子は臭し

体臭をスプレーで消して外出し帰り来るころ息子の匂ひ

烈風にひらめきゐたる大凧は若き家族をどこに攫ひし

保護者面談終はればさざなみ生るる空　船乗りの言葉〈針路〉は沁みる

家電量販店大型テレビに啖呵切る半世紀まへの渡世映画のころ

考へすぎの人よつるつる生き生きとプラスチックのやうな芽が出る

たんぽぽが綿毛飛ばせば〈永遠〉が博物館に年をとる午後

盗む国

薬師寺展

笛を吹きJの字で飛ぶ水煙のをとめ地上に降りし初夏

万能細胞生まれたる世のひとわれら月光菩薩の背中も見たり

月光菩薩をすこしうへから見下ろせば苦しげな人間《ひと》の美貌もにじむ

菩薩の背をんななりけりなどと見て苦しみ深き世をば祈らず

如来なる　蹼《みづかき》洩れて来しわれら博物館出て傘をひらきぬ

傘といふすこし隙ある不思議形にんげんはあと何年つかふ

庭土のあらゆるところより蔓を出す凌霄花ありて庭揺るるかも

黒蟻のいのちはちりちりちりちりちりと　紙のやうな芍薬にちかづく

二〇〇八年六月八日、秋葉原無差別殺傷事件

匿名無数のこころはひとりの青年に噴きてこころは死にながら刺す

「育て方が悪かった」

梅雨寒や幾百万の母たちの暗がり擦りて崩れゆく母

きよとんとした不思議な強さと濃いピンクわれははるかなメイドさん見る

青年も老人もリュックが好きな国後生大事のそれぞれの瘤

梅雨晴れに線香の香ははかなけれわれは小さく献花台見えず

「ブランド品も車も欲しくありません、ビールも」

若い人何も買ひたくないのだとしづかな顔でテレビに言へり

酔ひたくなく飾りたくない若い人ほそやかに照る楓の青葉

壊れゆく地球に生れて車欲らぬ若者を不思議がるのが愚か

買ひたくないのはたぶん正しい進化なり進化しながら滅ぶといふか

雨の降る若葉の夕べ産んだ子も平成のこんなしづかな青葉

たましひや希求といふ語するすると帆に立てながら若者は言ふ

かごめ歌かごの鳥とは人間が秘めてかなしむ魂《たま》といふ説

詩のボクシング聞いてゐるなりつらいほど声ははだかでわたしを叩く

漏斗で量るたび少しづつ

漏斗型ひるがほは咲く　若者より盗んで持ち直し来たるこの国

声優になりたい若者ふたりゐて艶ある草と月光のこゑ

まちがひに気づきてどうしやうもなしアルマジロならしばしころがる

案内状三十年とどく利賀村は劇の国若者の国星の国

利賀を含む富山・五箇山地方は政治犯の流刑地だった

利賀村は咎村にして雷雨なりき白石加代子のギリシア悲劇見し

天の川濃き利賀村に若く見き死に近き寺山修司「奴婢訓」

〈わたくし〉の〈主人〉はだれか　スキンヘッドで若く演じしわが友いづこ

三無主義五無主義なりし若者のわれら老いつつ無をいくつ持つ

一滴の風

北浦に蓮田あをあを揺るる昼だまし絵のごと人ははたらく

母と義母ふたりは違ふさびしさを持つ風としてわれのりやうがは

しんみりとさびしいなどと語られて娘・嫁・われどんどん撓ふ

三人でくるくるまはる鮨えらぶ　子供そだつてしまつたははおや

白い風車は丘にも海にも立つてゐるおーいと誰も叫ばぬ空に

千の風車すなはち原発一つ分つゆくさ揺らす一滴の風

南蛮煙管

亡妻を写したる面「孫次郎」にふさふさと死者の感情そだつ

能面展めぐり終へたる身体冷え愛を乞ふ顔われははづすも

南蛮煙管またの名は思ひ草にしてかならず稲などに寄生するとふ

寄生して思ふのみなる一生よし南蛮煙管むらさきのはな

地下鉄にうろこ零して抱きあふ日焼けの男女ありて夏過ぐ

かなかな

新興住宅地の蟬　姿なきかなかなが鑿のごとくに鋭《と》くなる真昼

かつて子が採りたる蟬は虫かごに枯葉のやうに重なりゐたり

カサと鳴りジイと鳴きたり生きものと金物《かなもの》の感触が半分

発条が切れたるやうに蟬死にていのちは嘘だつたといふやうに軽い

落蟬をかさりと掃けば口暗く口中蟬《こうちゆうせん》のふくらみ浮かぶ

両性具有者

かたつむり十年見かけずわたくしが渦まきながらゆく青葉道

わが庭に朝顔落ち葉藤袴夕霧見ゆる朧月さへ

植物や天象の名をもつひとを両性具有者《アンドロギユヌス》源氏愛せし

源氏物語の〈身体〉、河添房江『性と文化の源氏物語』に寄せて三首

入水せし女のからだ人は見て鬼か狐か木霊かといへり

身体の縁《へり》にあるものはなまなまし髪と歯と唾液となみだ描かる

大君《おほいぎみ》に身体は無いと書かれゐて夕光に消えてゆくハナムグリ

檜皮色と木葉色

季節とは空洞のからだをつつむもの 襲色目《かさねいろめ》に「蟬の羽」あり

地下書庫は庭であらむか忘れ草勿忘草がみつしりしげる

家中のどこにをりても寝る夫のどんな記憶にわたしは生きる

女性専用車両はあかき扉《と》ひらくたびなまあたたかき風を吹きだす

ヨガ教室赤いマットに汗を吹き観葉蔓植物のやうにくねるも

じくじくと悲しいことはよくわかるが今日曇天はあなたから生る

筋ほそき女の長き苦しみをスクワット百回ごとに離れる

切実さだけがある詩よ　夕暮れてちひさい子がちひさい犬を呼ぶよ

蛇腹

秋光のみなぎる奥にわれ知らぬ愉悦あるごとき小鳥らの声

蔦もみぢすこし褪せたり親知らず抜いて小さな火の穴がある

来年五十になるわたくしは四本の親知らず抜き母には言はず

数学を解くとき息子が聴いてゐるあはあはと澄む「いきものがかり」の歌

君とわれ三日違ひの誕生日来てふたりとも眼鏡光らす

黒セーターの息子うつぶし眠るらしこぼれた墨が机に動く

今宵息子のあたまに渦巻く近代史無効にちかづく星雲ならむ

キャッチャーミット黴噴いてをりこんな時代に育つてとまだ言はざる息子

八房のやうな隣家の白犬もわが七倍の速度で老いた

経師屋さん鍛冶屋さんとぞ呼ばれゐし老人死にて職業も消ゆ

ハイヒールで鋭《と》くも働くことなくて歪まざるまま老いてゆく足

きゆつきゆつと足を残してかつ急ぐこの女《ひと》はいま何を踏みしか

干瓢を洗ひて煮れば盛り上がり生命体がふくらむこはさ

風吹けば滝は蛇腹を見せて光《て》り主婦のむなしさもううたはれず

希望

冬の森だれもをらねば影がをり椿の落つる万華鏡道

こころとは頭にあるか胸なるか手にもありさうでしづかに撫づる

帽子の母耳当ての義父襟巻きの義母に会ふ　つぎに病む人あるな

化石燃料燃やしてからだ暖まり古き歌にてこころ暖む

虫めがねと細い冬陽で火をつくりゆつくり子供老いてゆくなり

苦労せざりし人の素直さ苦労せし人の深さよ友ふたり笑む

試験終へ息子がふかく眠る朝大きなぼたん雪は湧きつつ

若き日の君のつたなさ子にはなくつたなさは水仙のやうにかなしむ

卒業式「厳しい社会へ」といふ祝辞聞く子らの髪菩のごと照る

はりつめて若者が返事するときに名に籠もる人への希望かがやく

さくらと翁草

桜《はな》の夜はわらしべ長者の世につづく　人いくたびも変はれしものを

家のなき人のシートと同じ青さくらの下に敷く寒い空

どうしてこんなに若くて家のなき人か息子と同じしづけさを持つ

よき香り悲しい匂ひ交換をするなく花の世に人は立つ

息子予備校生

浪人のあたま六〇〇揺れゐたといへば武士の世見てきたやうな

二階なる息子の部屋には夕日のみ真つ赤な部屋で携帯《けいたい》電話唸る

友はみな親の世話して忙しく踊りて消ゆる時計のこびと

賢治の童話「おきなぐさ」ではそれをウズノシユゲ（翁の髭）といふ

変光星となりし賢治のウズノシユゲおきな草の鉢母は提げ来る

これはたぶん西洋翁草かはゆくて薄紫でやや上を向く

唇《くち》ふれて茂吉はかなし赤くらき日本翁草に唇ふれし茂吉

四人得て三人の子を亡くしたる利玄の歌集『銀』と『紅玉』

近代の子どもの情景澄みとほるおほく子を死なす男おやの歌

近代の老人のうた大人《たいじん》のうたであること尊しとほし

息子と少女と犬はこの木を山帽子と知らねど白い花のしたゆく

北海道一首

空知川幾春別川名づけとはかなしみに名を与へるならむ

いつよりか恥づかしがらず髭を剃る息子がをりぬ五月の鏡

若葉光レモンのジュレに落ちるのは永福門院が見てゐたひかり

三崎の棕櫚の木

相模のや浜に積まるる蛸壺にするりと入る花の夕闇

白秋と夕暮来たる大椿寺《だいちんじ》しろい影来るあかい影来る

見桃寺桃の木どれもほつそりとふるい言葉を知らぬ淡紅

三崎なる寺には大き棕櫚の木がかならずありて毛を吹かれをり

「ただ一人帽子かぶらず足袋穿かず桜の御所をさまよひて泣く」（白秋・歌集未収録）

帽子かぶらず足袋も穿かずに泣きし人もしやこの毛を吹かれゐる棕櫚

〈歌人《うたびと》〉はあるかなきかの職なれば蹌踉とゆき美しくうたへり

「寂しさに浜へ出て見れば波ばかりうねりくねりあきらめきれず」（雲母集）

あきらめきれずあきらめきれずとうたひたる人のごとくに膨るるさくら

三崎なる路地には海の光飛びフウセンカヅラはいつふくらまむ

相模のや三崎たんぽぽ猫からすにんげんも言ふ　あきらめきれず

一生にあきらめきれずと何度いふ船はぼおんと鳴きて出でたる

さくらの日巨船は雲のごとかるをソマリア沖にくろく湧く船

海賊船ロマンでありし世などなく飢うる地《つち》よりみつみつと湧く

子どもは手を海星のうへにかざしたり人間の子の手の影くらし

くねくねの坂道の隅に落ちてゐるＢＢ弾のやうな海光

白秋はをんなをうたはず鱗《うろくづ》や野菜やひかり、尿《しと》さへうたふ

白秋のをんなは不幸になりながら珍《うづ》の言葉に変へられにけり

かなしみに冴えつつ人はうたひたり鯖投げてひかる二本の腕《かひな》

まだ恋をかなしいものと思はざれ帆のかたちした詩碑読むふたり

空をゆく桜のひかり知るなけむ鱗群るる馬の背洞門

馬の背洞門足首までを鱗の光の世界に入れて揺らしぬ

海のひかり空のひかりよ　〈わが当然〉と〈君の当然〉のやうにはぶつからず

夫五十歳

空気などになつたことなくならなくてよい夫顱《ろ》頂《ちやう》も春の陽のなか

われに君はどういふ人でありしかといつ問ふならむそれまでの桜

鼠子のごと軽率《そそか》しとうたはれし烏賊の刺身の城ヶ島御膳

　食堂のテレビに映る昭和
わだつみの鱗《いろこ》の宮をただよひし浮き玉がミラーボールにあらずや

ジュリアナ東京といふものわれは永遠に知らねど既知のごとく死にをり

何者かおほき磁石をもつゆゑに鶇の群れ黒き方へとぶ花

花散れどいまだ渡らぬ黒き群れうながしを待つものは冷ゆるも

海とろり夕日とろりとありし世を少し離るる東京行きよ

楓の種子

はばたくと思《も》ふまで牡丹花は白く若田光一さん宙《そら》にゐる夜

藤の房風に揺れをりみどり児のうへで無限に回りしメリー

たくさんの香りを知らず亀は死に木香薔薇のしたに埋めたり

長く生くるものこそ長く死んでゐる寿老人像いつも恐ろし

阿修羅像六本の手よくるくると旅する楓《ふう》の種子を思ひぬ

阿修羅像三つの顔を見しわれの青葉に眩むいくつの顔か

青葉風おやすみ阿修羅とうたひたる永井陽子さん年下となる

淡さのなかにひとが守りてゐしものを思《も》へば汚く時代過ぎたり

くるしむ衆生われら阿修羅を見たるのち青葉のなかへばらばらになる

阿修羅像ご一行様がゐる上野暮れて青葉のそよぎゐる闇

憂愁の少年阿修羅を見てくれば息子ごつんと憂鬱にゐる

火の走るやうに緑はひろがりぬ　万能細胞にむらがる希望

牡丹《ぼうたん》は牡丹の影のなかに咲き宰相の貧しきわらひを嗤ふ

右がはに麦畑ひかる道ゆけば右半身と自転車も黄金《きん》

キタナイはキレイ忌野清志郎死んでかなしい竹の秋くる

「アイラブ《ポスター》ユーが足りない」といふ尾崎豊よるの電車に見つめてみたり

死んだ人ばかりが語りかける国まつ青な夜の電車ははしる

からつぽ照らす

子らをらずさよなら聞こえず夕焼けはからつぽ照らすものならなくに

東京・谷中の石段

ノスタルジーが力をもたないきびしい時代《よ》　夕焼けだんだん夕焼け終はる

人間になりたいと猫は思はざらむその幸ひをひとも持つべし

ノスタルジー好きでなけれど夕焼けのまんなかにゐる五十歳のわれ

日の暮れの里とふ日暮里駅過ぎてむかし旅せし人のさびしさ

〈類〉

郭公は緑つゆけき夜明け啼き若き日からの音沙汰もなし

古代中国「山海経《せんがいきやう》」を読みをれば庭の緑のうつつは暗む

鬣《たてがみ》をもてるヤマネコのやうな〈類〉食へば妬心の鎮まるべしと

あかあかと人は妬心に苦しみて「山海経」に〈類〉を描きぬ

凌霄花かたきつぼみも割れて咲き〈類〉をらばわれ食はねばならず

「山海経」に一つまなこの〈䍺々《とうとう》〉は啼くときかなし己が名を呼ぶ

摺るやうにシュシュと啼く〈朱鳥《しゅ》〉のあらはれて誰かが追放されるぞといふ

〈朱鳥〉の予言ありし世過ぎて二千年われら滅びの予言のなかに

夏は来て雑伎団の人の頭上には朱色の甕がはげしくまはる

鳥形硯　―斎宮歴史博物館―

斎宮駅

金色の群行を見し人の末裔《すゑ》タクシー運転手眠る駅前

「大津」とふ文字ある木簡出でし土あなしみじみと畑なりけり

斎宮の盗まれむためのしづけさも野菜畑のしたに眠らむ

レプリカの「別れの小櫛」父ありて遠きかな父を悲しみしこと

恋ふるとき鳥形硯《とりがたけん》に墨を磨り飛ぶ文字を書く秋の斎宮

蜻蛉はあかあかと空に静止して立ち濡れゆきし人をさす指

斎宮趾船のごとかる大虚ろ秋の陽さして虚ろにそそぐ

発掘は虚ろをひろげゆくことか女ら小さきブラシを持ちて

うつし世に明星駅や明野駅まだ残ること罪にあらずや

星の飛ぶ名古屋ゆき特快にわれは乗り斎宮駅をただ忘るるよ

伊勢

伊勢うどん電車待つ間に食みをればもくもく白くあたたかくなる

もののあはれを説きたる人の鈴の屋は秋風のなか黒く澄むいへ

学問がしんじつ人生にほかならぬ宣長の鈴のレプリカを買ふ

鈴の屋をくるりとまはり鈴を買ふ学問さびしき現代の鈴

水音の響く家

ハシビロコフばあんばあんと羽ばたきぬ　思惑ちひさき人間のまへ

劇画的不安ただよふハシビロコフなかにかならず人がゐるはず

ビクトリア湖の肺魚をねらふ記憶もちハシビロコフは秋に動かず

ハシビロコフの怒りはわれの歎きより大きかりけり秋風のなか

公園に行くたび青いビニールの家そくそくと堅固になり来

冷泉家王朝の和歌守展

水音のするどく響く歌のいへ冷泉家時雨亭叢書八十四巻

〈新〉を生みし定家の文字《もんじ》世の中に長く苦しみたりし人の字

雲紙や飛雲・村雲切ありて古歌を書くときおほぞらうるむ

「貫之集　村雲切」にあたらしき言葉待ちつつ濡れてゐる歌

超新星見たる定家の「明月記」漏刻博士の手紙をはさむ

明月記に「死ぬべくおぼゆ」といふ俊成枉目にてふかき死の言葉あり

冷泉為人氏節分の映像ふつと息かけたる豆を後ろ向きに投ぐ

ビニールの家はあり歌の家はあり紅葉に問はむ家とは何か

小豆煮て三日小豆を食べつづく腐り芽生えるオホゲツヒメを

真つ黒く蝌蚪《くわと》しづむバケツ　「日本の結婚は戦争である」といひし沼空

後半生の雨

かめ、鸚哥、とかげや兎　ひとが飼ふ生きものはみなその人の謎

奥歯の根治療されをりこのやうに自分も人も追ひつめてはいけない

行けるところまで独りで生くと言ひそめし母よ言はせてゐるのはわれ

あかあかと走る赤んぼはだかんぼ鶏のやうに夢に追ひゐし

来年はたぶん息子のをらぬ部屋ふと寝て二時間内緒で眠る

林檎むけば幼い息子は跳ねたものくるくる赤いバネが伸びるよ

五十代最初の雨は金色の銀杏の天地はらはらと縫ふ

森ガール・乙男《ヲトメン》といふあたらしきやさしさは行く雨の外苑

乙男のやはらかさ真のやさしさになる時代《よ》来るべし　後半生の雨

ウタカタさまと絵馬

〈迷ひ猫のお知らせ〉書いて子と下げた冬芽もつこの朴の枝にも

陽のなかにねむり足らひし猫の目の青い虚空はただにふくらむ

三軒の主人をもちて照る黒毛恩を思はぬ猫の気高さ

テレビアニメ

うつそりと息子降り来てウタカタさま、と叫び駆け行く忍者を見たり

加湿器のちひさな音たて勉強す音消えやがてゐなくなる息子

絵馬白くうねり盛り上がるまで掛かり瞑り祈ればうねるからだも

多く願ふことはお腹のすくことで梅のはなびら餅を食ぶる

マスカラをつけて目見《まみ》濃く見わたせば瞬くごとに粘る情景

炊き出しの列とほく見て帰りくれば雛のお碗は花びらほどで

浅春の道歩き来し冷たさを恥ぢてひとりの手を握らざり

見舞ひ

果物を生む場所のやう誰ひとり汚れてをらぬ桃色の産院

ひるがほの蕾のやうに巻かれたる嬰児にわれはぼんやりとしたひかり
われの子をなつかしむのか子のわれをなつかしむのかよその子覗く

申し訳なし

息子進学で家を出る

食べさせたものから出来てゐる息子駅に送りて申し訳なし

大き音たててぼた雪降りたれば小さな息子そこに湧き出づ

パパとママはいまけんくわしてますと配達の人に言ひたる四つの息子

からつぽが膨らむ部屋が頭上にあり負けないやうにカレーを食みぬ

満開のさくら並木に入るとき背よりにじんでふくらむ帆があり

ああ春のひかりは甘いと嗅ぐ母を食べ揺れてゐるエニシダの黄

薄くなることはさびしいことでなし二階から見るしづかな頭

軽井沢

「鬼女山房」野上弥生子は控へめにかつ無上なる辛辣に書く

諏訪御柱

一息に斧振り下ろす勢ひにそりかへりたり春の大空

春宮四之柱落ちたり神となる樅のふるへを人間は見る

華乗りの一心こらへて落ちるさま声あげて見る春のかがやき

御柱《おんばしら》の綱引くなかの若き母負はれて揺るるみどり児の足

梟の声は根を張る樹の声と聞きつつにんげんのわれ歩くなり

子の去れば思ふこころに空間の生れてしづかに揺れゐる茅花

あやはべる

夏の子の一の友なる図鑑には騎士の面つけ飛蝗がならぶ

幼子のために光りて朝《あした》には墨滴のごと散りゐしほたる

母に持ちゆかむと炊きし冬瓜をすつかり食べて母のさびしさ

長く長く一人暮らしをするための非常連絡ペンダントをかけて

ウイッグをのせて生まるる詩はあらむ八百の銀河光《て》るかみのけ座

測ることただに明るき世はありて六分儀座も羅針盤座も

浅草ほほづき市

観音は母の歩幅を見てをらむ青風鈴とほほづきも見む

母と聞く青風鈴は澄み澄みて身のおきどころなきやうな風音

虐待

観音すなはち遍く見たる自在者よ　洗濯機に回るこどもを見たか

ほほづきの大慈大悲のくれなゐの一つ一つに泣いてゐる子よ

ヤモリの尾ぴしりと動かぬ窓は見え　驚くこともう持たぬニンゲン

日照雨《そばへ》のやうに小さい御輿過ぎゆきてたちまち乾く子供らの声

那覇、宮古

「ほうとする程長い白濱の先は、また、目も届かぬ海が揺れてゐる。其波の青色の末が、自づと伸しあがるやうになつて、あたまの上までひろがつて来てゐる空である。…日が照る程、風の吹く程、寂しい天地であつた。」（「ほうとする話」折口信夫）

透視船珊瑚の海のうろくづの喜びのうへ黒くゆくかも

国際通りぎいと笑へる弥勒面《みるくめん》勝間和代にすこし似てゐる

紅型《びんがた》のかりゆしの人にぎやかな花・鳥・蝶とビールを運ぶ

砂は粟に波は苧麻《ちょま》にとなげきたる海のはたての宮古島見ゆ

トントンミートントンミーとうたひたる子供はをらずとびはぜをらず

やどかりは三秒ほど死にまた生きてさりさり走り波に消えたり

石たちが琉球の神　いま過ぎし雨にかがやく人頭税石

人頭税石の由来は不明にてなほ立ちながら溶けてゆく貌

リウキウコノハヅクは昼さへホッホッと森に空気の青玉を吐く

あやはべる極彩美しく呼ぶ島にくるくるすつと口しまふ蝶

不可思議の道具の口で蜜を吸ふ蜜のありかはかならず暗し

綾蝶《あやはべる》くるくるすつとしまふ口ながき琉球処分は終はらず

大風にソテツ鋭く耐ふる日のデイゴの花の色のよろこび

飢饉ある年にデイゴは紅かりと聞きつつゆけり人なき真昼

親友でありけむ風車二基回り一基は宮古の大風が折る

果物《くだもの》時計草《とけいそう》の酸つぱい実を食めば大風の日の鳥にちかづく

八万キロの渡りのなかに子を育て激しく人を襲ふアヂサシ

アコウの葉垂れて繁れば鏡見ぬ神女《ノロ》の一生のかなしみ湿る

宮古島まなつまひるの青しじま影生まれねば一身が影

宮古・下地島の伝説

人間が半身食べてしまひたる人魚《ユナイマタ》を呼ぶ海のとどろき

さらさらさつ殻屑のごと蟹走りだれも時間をピンで留めなく

何か知る者のごとくに加担する情もかかげて小蟹は走る

黄金の髪のこどもの頭かも蘇鉄の花に触れてだまりぬ

宮古島雪塩アイス舐めてをり「ほうとして生きることの味ひ」

バーントウ泥神をりてころがれりああ人間の孤独の顔に

＊

宮古なる青を見て来し目のすこし腫れて思へり猫の青い目

電子書籍リーダー

「ほうとする程長い白濱の先は」迢空を読むキンドルのしづかな渚

琉球弧ふかく浮かべるキンドルのあたらしき白われはつつしむ

本たちの湿れるからだ息を吸ひ息吐くなかに一日もの書く

古本はふうつと息を　丸めればかなしく丸まりくれし文庫は

ひたすらにひとは紙漉きキンドルのしづかな白も作りだしたり

笑みをれど五年はわれと友を変へふかくたがひを失つてゐる

失つてゐること言はぬ長い午後ジンジャエールと雨の水玉

サドルなき自転車は押すためにあり暑き曇り日老人過ぎる

じりじりと狭い未来を行く暑さ若者が読む「エコ亡国論」

管　菊

栗ばかり選り分けたがる子のをらず栗ごはんふうと吹けば秋風

秋の木はざあつとからだ裏返し「こんなんして生きてきました」といふ朱《あけ》

醬油蔵ならびて冷ゆる古道を抜けて日の射す管菊《くだぎく》を見る

菊人形展最終日にて入りゆけば花のからだは饐えはじめたり

露凜々と弾く孤独な大輪ぞ野生種あらぬ日本の菊

縮みゆく日本をしらぬ管菊にじいつじいつと秋の日は照る

心とはどこか問はずにをれぬゆゑ花で出来たるからだは怖し

菊人形滝なす花のからだよりはづされてゆくつめたい頭

むかし実家の木戸の記憶に若き母、紐のやうに立つ傷痍軍人

町老いて醤油蔵老いてわが友の母上も会へばしみじみと老ゆ

「老い母につねに言葉をかくるべく仕事机ともろともに寄る」（安立スハル）

陽は澄んで畳をすべり机ごと母に寄りゆきし安立スハル

二十歳《はたち》にて息子が去れば二十歳なるわれが親しく逢ひに来る秋

深夜までひとりで詠めばこのひとりは去年《こぞ》の秋よりふくらんでゆく

阿見

一晩の落ち葉の音に眠りたるわれの身体に食ひ込みし夢

つくづくと夢降り終へし朝ならむ菌類のごと霜おく落ち葉

茨城県阿見町

予科練平和記念館出づれば蓮田にて冬にかがやく泥のにほひは

蓮の田の泥のなかなるゴム長の穴にぶかぶかひと入りて掘る

展示物

少年のからだの幅のハンモック冷えてだれかをまた包みたく

枯れ蓮がぎくぎくと立つ畔をゆき歩くとはわれの骨歩くこと

冬くれば息子ホッホと走りゐし十代の息なぜかなしいか

霞ヶ浦

蓮田よりつづく泥濘濃く照りてひかりのからだ湖に入る

風切や雨覆《あまおほひ》ある鳥たちの羽根の建築冬透きとほる

少年飛行兵のはるけき憧れに濡れてひかりし雨覆羽《あまおほひばね》

軽トラに積まれゆくとき蓮根の穴から出づる夕べのけむり

口語のからだ

赤い鳥小鳥青い鳥小鳥　書けば色ある鳥の影降る

毛糸帽のわれ転生を願はねど森で木の実の時雨に出会ふ

筑波山黄なる落ち葉の渦巻きに足差し込みて地図を見てをり

木のからだざあつと翻《かへ》る黄葉山をんな三人しくしく登る

前登志夫の海とは森なり山中智恵子の海とは空なり　秋晴れわたる

友の夫働かぬことわれのみが怒りて友はひつじ雲描く

うつ伏せになればきらきらうらがへるからだのなかの無数のカード

こころとはからだを覆ふうすあをき皮膜ならむと起き上がりたり

われの手とわれより白い夫の手がいくども撫でて息子消したり

冬きらり二人の母と連れ立てば噴水のなか伸びてゆく街

さみしさを語り目玉が生き生きとするまで語るペンギン三羽

気づかざるところいつしか肉帯びてまして悲しみは瘤瘤ならむ

母と子の真空はそこにあざらけく河野裕子の「くるくるまひ」の歌よ

ああ口語のしろいからだは動くなり『葦舟』閉ぢて目をつむるとき

流星は涙つ飛びの横つ飛び三つ流れて胸のつめたし

〈自転車で真夜の光町疾走中〉くろい動物二十歳《はたち》の息子

半年ぶり息子に会へばゆうらゆらチェックの中折れ帽をかぶつて

むかしの君むかしのわれよりやはらかき息もて暮らす息子の不思議

目玉おやぢ二首

目玉おやぢは親の楽しい形態で遠いところ心配なところどこでも

白黒の中折れ帽は父さんが昼寝するのに丁度良いのに

もみぢ葉に霜は降りたり子ぎつねの手のつめたさが窓にはりつく

心にぞしたがひ霜の朝走る身体はどんな一生欲しき

人はただ別れをカタリと告ぐるなり長き苦しみなかりしごとく

仕方ない仕方がないといふ声をフェイクファーの襟元にこぼして

美《は》しきゆゑたちまちにまたこの友にはじまる恋をわれはかなしむ

鳥インフルエンザ

首うねり白鳥は死にゐたりけりそこにあるだれの罪だれの罰

触れてはならぬものの渡りを見上げをり竹のごとくに人は光《て》りつつ

小学生さへ飛び降りてむらさきの冬空にすうと穴のあく国

霜の花を見るたび思ふ「羽衣」

をんなもう言はざりけるか霜の花「なう、その衣《きぬ》はこなたのにて候」

羽衣を取られたをんなとして暮らす記憶かへらむ今朝霜の花

何千回も回つて回つて水切りをして乾いて膨らみゆかむとすべし

もうもうと白いうどんを食べながら立つ脚見えてひと待つゆふべ

蠟涙、黒川

母狩山《ほかりやま》に逢はむと仰がれし稜線見えず雪靄あをし

老いびとがみなただ一人雪下ろす屋根ひろびろしかなしき出羽《いでは》

月山も赤川もなし息つげぬ地吹雪となりぬ王祇のまつり

大雪のくらさより人あらはれて五百年むかしの祖《おや》の名を告《の》る

大雪のくらさのなかに栄え栄えと降ろされたり大地踏みのをさな子

若者が神をあらそひ奪ふ息ただ白し今日のうつつの外に

月山や雪の匂ひに生ひ立ちし朝尋常のこゑの若者

蠟涙を塩に吸はせて夜ふかむ黒川をいつ老ゆると言はむ

ぐしやぐしや

だれも他人《ひと》の運命を生きることできず匂ひのない瓦礫の映像を見る

木と土と大きく揺れて音なかりし長き時間の意味を知る午後

波ありて人の影なき映像の意味を遅れてくらく飲みこむ

ジーンズ穿いて靴をそろへて眠るなり余震ある夜わたしは薄く

ぐしやぐしやとなりし原発とそのまはりのまつ暗な夜に人ははたらく

原発の不安さまざまに揉みながら闇にねむれる一枚の国

灯らねどなほ熱を生み苦しめる原発にまた夜は来て隠す

犬のみが残りて犬も手放せる避難所のひとをカメラは写す

親も子も夫も失くせば無以前と言ふ人のまへカメラは浮かぶ

呆然たるひとひととき過ぎてうたふこころ祈るこころと重なりきらず

ひとの死も動物の死も映さねば惻々として〈数〉増ゆるのみ

朝のつり革

「がんばろう茨城」のポスター菠稜草のぶ厚く暗い緑萎えたり

何が何でもここに帰ると思はざらむわたくしの街かなしき青葉

地上とは何あるものかひたすらに語りてやまぬ瓦礫の映像

浜に残りし学校のピアノ夜は来てあらゆる音はうちに響かむ

被災の子の卒業の誓ひ聞くわれは役に立たざる涙流さず

どこへ行きどこへ帰らむわたくしか朝のつり革に手を伸ばしたり

節電

灯らない地下街をゆくうちがはの暗い〈わたし〉をそれぞれ灯し

余震つづく

揺れてゐるあひだの痛み古いいいへに母親ひとり今日も置くこと

それでも海が好きだと言ひし青年がわたしの時間の切れ目に立てり

「あぢきなきこの焼土に東京の芽のいでんとも思はれぬかな」（晶子、関東大震災で）

「東京の芽」出でて繁りぬ浜の芽も北の芽も痛切に香り出づべし

佐渡の青苗

旅に来て余震なき春佐渡の春海も水張田も照りてこぼれず

余震なきやすらぎかなし海を見て桜見て田に植うる人見つ

流刑の島

はげしかる者の時間は凪ぎたるや夕光ながし佐渡の青苗

深い井戸つつんで降りて降りやまぬ春の雨あり　晴るる日のため

夏つばき

産むからだ産みたいからだ産むかもしれないからだ　怖れるからだ夏を白くす

日本人われらが産みしぐしやぐしやのあたりより漏れたえず動くもの

ホットスポット

ぐしやぐしやのあたりより来て降りしものわが住む町に濃ゆく凝ると

こども産むエリちやんは京都へ行きました　嬰児のかはりに咲く夏つばき

物干すと二階より見る夏つばきへロデ王なき世に赤子見ず

母たちは暗くしめれる触角をざらざら持ちて子を遊ばせず

余震なほ

弾むごと揺れし座席にしばし待ち発車したれば行くほかはなし

モシモ、モシモ、点打つやうな不安もち大江戸線は地下五階まで

大泣きの終はりたるころ小石より手足頭の出て亀となる

如月小春・杉浦日向子若き死者夢にゐてトランプを裏返《かへ》す

攫はれて海の人なる死者たちが揺らすなり揺らすなりかなしき夜よ

絶句する人になほ向くマイクあればなほ苦しみてことばを探す

小さき死者老人の死者若き死者にぎやかな町あるほどの死者

暑い地下暑い電車されど暑い浜でなくはげしく匂ふかなしい海ではない

わたくしのこころがそこに飛びつきて燃えてゐるやうなウバメガシ

「南相馬に帰りたいよなあ」といふ声はたまたま此処に家買ひしわれに

ガスの火をほおつと弱めるしぐさなど見せて息子は一日で帰る

浄土ヶ浜

遊覧船待ちきれず子がはだかになり遊びし宮古の潮だまりはも

うすいうすいうすい被災ですらなきを水送られてぎくぎくと照る

防護服やつと着をへて小さなる建物のやうな老人の列

たくさんの会見

尊大にからから鳴つてこたへたる人はかならずわれらならずや

余震止まず一枚の国苦しみつつ放射能濃き水を吐き出す

放水のありたる春の興奮を蛇より冷えて愚かとおもへ

防護服着て顔のなき人の場面点々としろきを平成といふ

園庭をおほふシートに青梅雨の雨はづみつつ　何が終はるまで

薇白鳥織り

横糸に　薇《ぜんまい》の綿《わた》白鳥の羽毛はみ出てそよぐ布あり

東北に　薇白鳥織《ぜんまいはくてうお》りありて土も水も空もここにやすらぐ

薇白鳥織りを着るとき湧きにけむぬくくさびしい万能感は
まぼろしの羽衣を着て女は縫ふ刺し子裂き織り重たき衣を

瓢

聞こえない話にもはや相槌をうつこと止めし母に逢ふ　秋

すこし聞こえる左の耳にいくたびも母とふ風船ふくらますわれ

いつせいに嘆きてふともみな黙る女ともだち瓢《ひさご》のかたち

二つ目の夢さへ語りはじめたり女はながく瓢のかたち

をんな瓢に入れば瓢の形になり瓢の形をすこし歪める

伊豆山

月照ればみつみつと世に影生《あ》れて走湯山にしげるなぎの木

風景

図書館で眠り醒めたる人の午後帰りたきところを誰も言はざる

死の街といひし政治家を責めたてて瓦礫を引き取らないといふ国

春夏をわれら来ざりし北上川刺さる倒木に鷺のゐる秋

北上川《きたかみ》に沿ひて走ればつくづくと飽かず美《は》し大川小のところまで

大川小の背後なる山この黒き傾斜を見せて空はしびるる

沈黙を区切り人棲むプレハブは運動公園のまんなかにあり

痕跡のかたづくことも恐れならむトラックはまた土けむりに入る

黙すこの土の苦しみに交はらず人影見えず行く石巻

無人戦車にあらず無言のトラックが行き交ひてしろい荒野を広ぐ

原野でも荒野でもなく冷えながら土はしびるる空につづけり

平家納経

変はつてしまつて何も変はつてゐない国新幹線はすーつと発つが

蟻や蚊や茸の精霊にもつかふ「嘯《うそぶき》」の面《めん》しづかなる秋

厳島極美尽くして届かざりし祈りのこりぬ平家納経

おほよその滅びののちに残りたる「くらきみちにそ」といふ蘆出文字

祈るとは何と問ふときいつせいに海はしづもる安芸厳島

蓑虫

獅子座流星ことしはいまの真昼間をはげしきといひ公孫樹散る街

わかり合ふ女子会ひとり抜けてきて黄葉の街に食ひ込んでゆく

わかり合ふうちにひつそりわたくしのなかに積もつてゆく苦しみは

二〇〇〇〇にも近きいのちを津波のみ三〇〇〇〇の自死者をのむものはひそか

特別手配犯菊地直子は眺めをり駅をゆく3・11以後の人群

この人の〈以前〉と〈以後〉はどこにありし　素直で優しい友に似る顔

昨夜の傷は昼までに修正して行かむ　原稿ではなくわたくしのこと

十三夜おもへばはるか中国のなでしこジャパンを照らしゐる月

眠い日はいよいよ方向音痴にて矢印のやう辻をゆく猫

「我々庶民は」といふ狡さ
「庶民にはわからないんです」と何度でもわれら答へて逃げ負らむ

ベランダにもの干すときに一枚のこの地《つち》の果ての冷えは降りくる

日本の半身

父はむかし冷たく痺れた半身で子を生みしばかりのわれを案じぬ

ウツボカヅラと母

晩秋の植物園に毛の生えたウツボカヅラをのぞき込む母

カタツムリネズミも溶かすと書かれゐてぼおつぼおつと息吐くカヅラ

八十年生き来し母を驚かすウツボカヅラの生の形態

矢を入れて背負ふ「靫」に似てゐるから

むらさきの十の靫《うつぼ》を覗きつつ友の呆けし不思議さをいふ

わたくしと母のお尻にやや似たるウツボカヅラが溜めてゐる水

試験管に移せばうすく目をつむるウツボカヅラのみどりの水は
そこに生るる風も悲鳴も聞こえざれウツボカヅラの秋の温室

細いうつつ

干し物の白ひるがへす空しづか放《はぶ》れ牛をもう言はぬ冬過ぐ

あたらしいうつつに晴れた一枚の空より白いシーツを剝がす

われと子のむかしの春の小川なり線量たかきコンクリの川

自転車で弾んで坂をくだりたりいつでも離れる軽さで住んで

大いなる手があらはれてほよほよの園児の散歩の列も消したり

あやとりの少女の白い指が生む「シベリアの家」はトナカイ遊牧民のいへ

あやとりは赤い毛糸で冬の陽を組み替へて「耳の大きな犬」も

流行の絵本

セシウムも『こびとづかん』の小人らも黄金《きん》の河原の見えない誰か

線量計測りて動く人のそばゆくときひらりとする感覚は

校庭の隅にあらはれたる盛り土幹の埋まつた五本の公孫樹

「土掘りて線量たかき土を入れ新しい土で覆へば下がる」

シートさへなくてただ土積まれゐてしやんしやん犬と飼ひ主とほる

盛り土は何を葬りし土ならむたしかに何かを葬りにけむ

卒業のタイムカプセル埋めしころ未来歪まずすらりと伸びて

小古墳のやうな盛り土のそばも抜け細いうつつをわれら通らむ

掘り出す日われらは慣れて忘るべし埋めたる日の寒いこころを

関東月見草といふ名の白椿月ある夜にひつそり咲くも

世界中の荒野を舐めてうつりゆく月光はいまわたくしのうへ

公園の土もきりんのシーソーも入れ替へたれば　あたらしい親子

きさらぎの雨降るけふのうつつより半身抜いて光《て》る辛夷の芽

今年またあをあをと麦の芽は澄みて春耕図より友は手を振る

帽子掛けに掛けて忘れてゐた悔いも今日はいつしよに毛糸の帽子

草食べる花を食べるといふことの何こみあげて菜の花を食ふ

あとがき

歌集を出すときはできるだけ編集直前の歌まで入れてしまう、そういうやり方でやってきました。出し終えてすっからかんになる感じが好きだからです。

そんなふうに今度も、前年末までの歌を集めた第七歌集の編集が終わったころ、東日本大震災がありました。毎日のように続く余震のなか、次々にあきらかになる震災・原発事故の状況があり、さらにそれが自分の身の回りにもわずかに静かに及ぶ日常があらわれました。そんな日々の思いを、さらに次の三、四年後の歌集に回してしまうことは考えられず、当初の予定にほぼ一年分を追加し再編集して、歌集『あやはべる』といたしました。

震災から一年あまりたった現在、何もかもすっかり変わってしまった、ということも、まったく変われなかった、ということも、それぞれ重い現実として反芻せざるを得ないことを感じています。この間、いわゆる震災詠のことも話題になりました。私は、少なくとも自分の作歌について、震災・原発事故が決定的に作用したとは思っていませんし、そう言い切るのは少し単純にも、早すぎるようにも思います。しかし、その一方で、茨城県に住む自分の日常が、歌集の作成にあたってそれ以前の歌の取捨や編集に微妙な影響を与え、新しく歌を作る時には、言葉が、誰に、どこに向けられているのか、どんな表現を得たら〝満足〟なのか、〝満足〟に向かうのは正しいことなのか——、そういう問いがしばしば浮かんだことも事実です。そういう問いとともに、この一冊を差し出したいと思います。

歌集におさめた作品は二〇〇七年半ばから一二年二月ごろまで、私の四十七歳から五十二歳にかけて発表した四七三首です。

二〇一〇年に「三崎の棕櫚の木」（角川「短歌」掲載）で第四十六回短歌研究賞をいただき、その受賞第一作の題「あやはべる」を、歌集名といたしました。「あやはべる」は沖縄の琉歌にも出て来る古い言葉でチョウを指します。漢字では「綾蝶」を当てる美しい言葉の、ほのかなあやしいひびきが印象的でした。

馬場あき子先生、岩田正先生には「かりん」入会以来、三十数年、変わらぬ熱いお励ましをいただき、心より感謝申し上げます。「かりん」という場で自分の歌が育まれてきたことの幸運を思うことといよいよ多く、歌友のみなさまにも御礼を申し上げます。そのほかさまざまな場で交流をいただいているみなさま、そして貴重な作品発表の場を与えていただきましたみなさまに、深く感謝申し上げます。

短歌研究賞をいただきましたご縁で、短歌研究社にこのたびの出版をお願いいたしました。堀山和子様、そして歌集担当の菊池洋美様に心より感謝申し上げます。真田幸治様には初めて装丁をお願いいたしましたのを、楽しみにしております。本当にありがとうございました。

二〇一二年四月

米川千嘉子

検印
省略

かりん叢書第二五八篇

二〇一二年七月二十四日　第一刷印刷発行
二〇一三年八月二十三日　第三刷印刷発行

歌集　あやはべる

定価　本体三〇〇〇円
（税別）

著　者　米《よ》川《かわ》千《ち》嘉《か》子《こ》
発行者　堀山和子
発行所　短歌研究社

郵便番号一一二－〇〇一三
東京都文京区音羽一－一七－一四　音羽YKビル
電話〇三（三九四四）四八二二・四八三三
振替〇〇一九〇－九－二四三七五番

印刷者　豊国印刷
製本者　牧製本

ISBN 978-4-86272-291-1　C0092　¥3000E

短歌研究社　出版目録

＊価格は本体価格（税別）です。

文庫本	馬場あき子歌集	馬場あき子著		一七六頁	一二〇〇円	〒一〇〇円
文庫本	続馬場あき子歌集	馬場あき子著		一九二頁	一九〇五円	〒一〇〇円
歌集	飛種	馬場あき子著	A5判	二五六頁	三一〇七円	〒二〇〇円
歌集	いつも坂	岩田正著	四六判	一九二頁	二五〇〇円	〒二〇〇円
歌集	和韻	岩田正著	四六判	一八四頁	二五〇〇円	〒二〇〇円
歌集	滝と流星	米川千嘉子著	四六判	二四〇頁	二六六七円	〒二〇〇円
歌集	夏羽	梅内美華子著	A5判	二二四頁	三〇〇〇円	〒二〇〇円
歌集	睡蓮記	日高堯子著	A5判	一七六頁	三〇〇〇円	〒二〇〇円
歌集	大女伝説	松村由利子著	四六判	一七六頁	二五〇〇円	〒二〇〇円
歌集	マトリョーシカ	浦河奈々著	四六判	一七六頁	二五〇〇円	〒二〇〇円
歌集	邯鄲	長友くに著	四六判	一七六頁	二五〇〇円	〒二〇〇円
歌集	アシンメトリー	遠藤由季著	四六判	一八四頁	二五〇〇円	〒二〇〇円
歌集	オフィスの石	土屋千鶴子著	四六判	一六〇頁	二三八一円	〒二〇〇円
歌集	琉歌異装	名嘉真恵美子著	四六判	一九二頁	二五〇〇円	〒二〇〇円
歌集	いちまいの葉つぱ	加藤トシ子著	四六判	一九六頁	二五〇〇円	〒二〇〇円
歌集	百年の祭祀	キム・英子・ヨンジャ著	四六判	一八四頁	二五〇〇円	〒二〇〇円
歌集	ダルメシアンの家	日置俊次著	四六判	二〇八頁	三〇〇〇円	〒二〇〇円
歌集	サラートの声	伊波瞳著	四六判	二〇八頁	二五〇〇円	〒二〇〇円
歌集	日想	佐々木実之著	四六判	三四四頁	三〇〇〇円	〒二〇〇円
歌集	宙に奏でる	長友くに著	四六判	一六八頁	二〇〇〇円	〒二〇〇円
歌集	スタバの雨	森川多佳子著	四六判	二三二頁	二七〇〇円	〒二〇〇円
歌集	湖より暮るる	酒井悦子著	四六判	一八四頁	二五〇〇円	〒二〇〇円